要破除魔法，讓白霧公主醒來的唯一方法，
就是第一到訪這座森林的單身王
所獻給公主的
期盼白霧公主得到幸福的小矮人們，一直、一直到現在，都還等待著王子到來……。
搞什麼呀，真弄不懂這裡畫的是什麼？快點回到本大爺的故事吧。
唔，啊，不是，那個……

怪傑佐羅力之
恐怖的妖怪遠足

文・圖 **原裕**　譯 周姚萍

這一次，佐羅力打從心底發誓，
絕對不要再捲入別人的事件中，
只要為自己的夢想而活。
我得快點去迎接
在某處等著我的公主殿下。
本大爺絕對不能忍受，
「在不知不覺中變成
白鬍子老頭」這麼
悲慘的結局呀。
嘻嘻，呵呵，嘻嘻呵呵。
說的是，說的對，
我們期盼著
佐羅力大師得到幸福，
若是為了佐羅力大師，

我倆赴湯蹈火也在所不惜，
永永遠遠都支持著他！
嘿吼！嘿吼！嘿嘿吼！
哇啊啊啊～快住手啊～

他們三人不停的重複唱著這些歌，所以都覺得口好渴。休息一會兒後，寶特瓶裡僅剩的水也喝光了。這個時候，

突然傳來一陣慘叫聲。

他們往聲音傳來的方向跑過去查看，發現有一位大人正受到小朋友們的圍攻。

「糟了，那位是妖怪學校的老師啊。」

「好像是山林裡的小盜賊吧？佐羅力大師。」

「好——那我們稍微給他們點顏色瞧瞧。上！」

佐羅力和伊豬豬、魯豬豬跳上前，準備出手營救妖怪學校的老師。

「喂，喂，小傢伙們，你們在對老師做什麼呀？」當佐羅力三人抓住了孩子們，正想給點教訓時，

「啊，那不是佐羅力先生嗎？

不行不行，

請放開他們。

這些是目前由我來照顧，

一群十分重要的妖怪小孩，

即使只是受了點輕傷，

也會很麻煩的。」

佐羅力他們，反而被

妖怪學校的老師大聲制止。

妖怪學校的老師跟佐羅力他們解釋說：
那些都是由雙薪家庭的父母送來這裡安親托顧的妖怪小孩。而今天是學校的遠足日。
不能老是讓他們宅在教室裡。由於期望培育出身強體健、意志堅定的妖怪，「學生家長、教師聯誼會」的會長，策畫了這次遠足，由我來帶領他們前往目的地……。
不過，
我被活力大爆發的他們不斷折騰，已經到了快受不了的地步，

能夠和佐羅力先生在這裡再度相會，真是有緣哪，請各位一定要和我們一起去遠足，好嗎？

佐羅力才剛剛發誓不涉入別人的事件中。當他打算要直接拒絕時……

突然間，老師向前飛奔而去。

咚ー咚
有兩個小孩，跑到了懸崖邊一顆搖搖晃晃的石頭上玩。
老師將他們兩個踢落地面。
啪唏
這股衝擊力造成懸崖崩塌，一塊岩石連同站在它上方的老師，一起往深谷墜落而下。

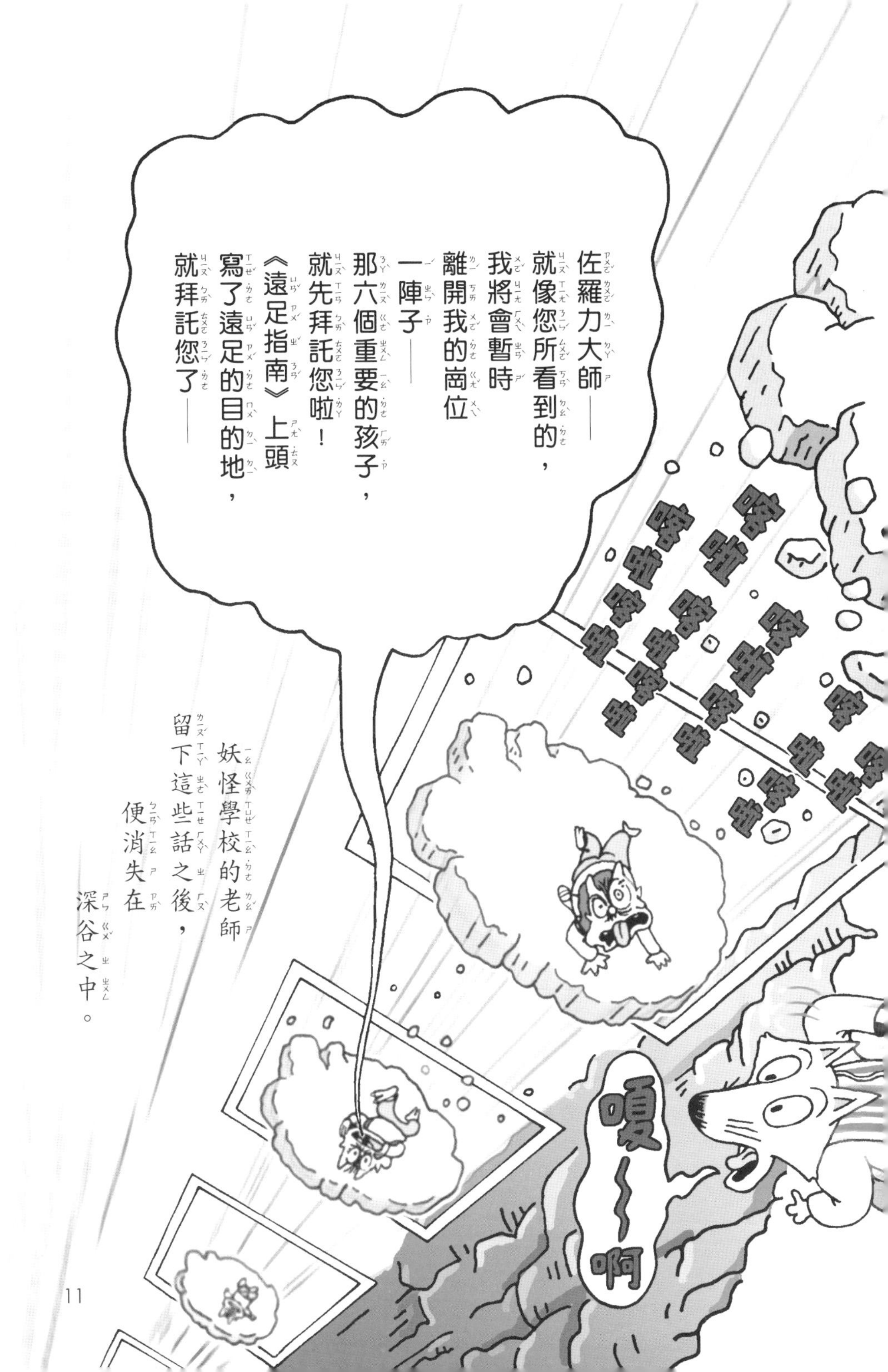
佐羅力大師——
就像您所看到的，
我將會暫時
離開我的崗位
一陣子——
那六個重要的孩子，
就先拜託您啦！
《遠足指南》上頭
寫了遠足的目的地，
就拜託您了——
喀啦喀啦
喀啦喀啦喀啦喀啦
喀啦喀啦喀啦喀啦
嗄～～啊
妖怪學校的老師
留下這些話之後，
便消失在
深谷之中。

各位……這便是你們為所欲為、胡搞瞎搞，最終招來的不幸後果！

佐羅力嘆了一口氣，隨即拿起了老師說的《遠足指南》手冊，一邊翻閱著一邊對孩子們說：

唔?!

遠足指南手冊

也好啦，這也是一次很好的機會，可以讓大家同心協力朝著目標前進，好成為一位了不起的妖怪。你們都聽明白了嗎？要好好加油喔！

到最後，佐羅力似乎依然鐵了心，只想為自己而活，而不打算再捲入別人的事件中。

不過，當他的視線看到那本指南的最後一頁時，卻定住了。

那一頁上寫著
這樣的內容。
遠足的目的地
德古拉城堡
☆大家如果都能夠
平安的抵達德古拉城堡，
就可以吃到「長生果」
作為獎勵喔！
（好吃到會讓你
淚流滿面）
☆今年，德古拉城堡的院子
裡長出了6顆果實，
6位學生，每一個人
一定都可以分得到
1顆長生果唷！
請大家好好加油。
這、這個獎品
「長生果」，
到底，到底是
什麼啊？
我爸爸
曾經對我說過，
那個長生果呢，對我們妖怪來說
只是一般好吃的水果而已，
但對普通人來說卻是一種
很不可思議的水果，
只要吃下它，
就可以長生不老。

「長、長生不老？不過，只有你們六個人的份啊！」

佐羅力很懊惱的說。

「如狗佐羅力大輸和偶們一起氣，偶的水狗就讓給你吧。」

有些膽怯、個子最小的那個男孩說。

「真、真的嗎？」

佐羅力聽到這些話之後，立刻將伊豬豬、魯豬豬叫到身邊——

小小聲的說：

「喂，你們聽到了吧。陪著他們一起去遠足就可以得到『長生果』耶。我們三人各咬一口，就能長生不老、永遠不死。這麼一來，我們就再也不用擔心時間不夠，不管是城堡、公主，都能悠悠哉哉的慢慢尋找了。這樣，陪他們去遠足，就不算白費力氣啦。」

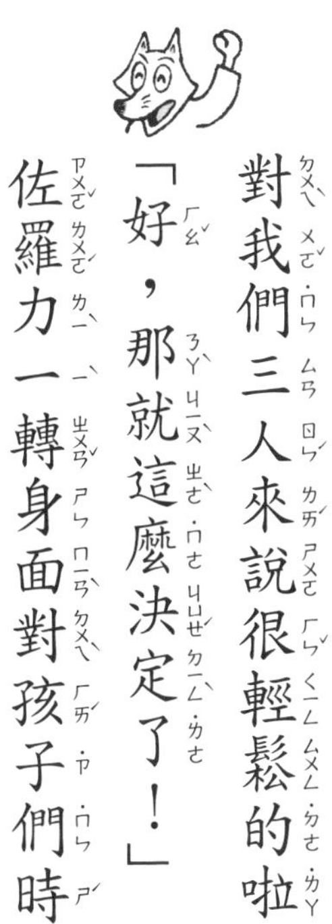

「大師說的有理。帶著那些孩子到指南書上所寫的目的地，真的只有好處沒有壞處。」

「只是照顧六個孩子而已，對我們三人來說很輕鬆的啦。」

「好，那就這麼決定了！」

佐羅力一轉身面對孩子們時——

就已變身成為怪傑佐羅力了，並大聲的喊著：
好，大家整隊。這次遠足接下來的旅程，將由我怪傑佐羅力擔任你們的領隊。請大家多多指教囉——
佐羅力先生，那麼，我們也來自我介紹吧。
咦？
不用不用，我只要看名牌就能記住你們每個人的名字，
五年級
拉古拉
四年級
安
三年級

佐羅力的目的只有一個，一刻不延遲的將這些孩子送到德古拉城堡，吃下一口能讓自己永遠不死的「長生果」。

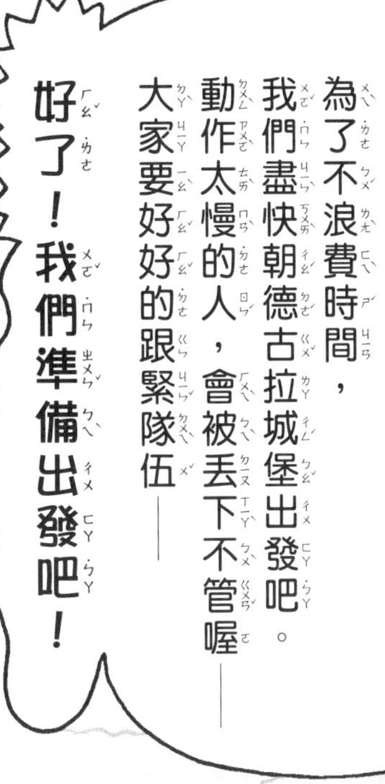

佐羅力對著所有的
孩子們說：
「亂跑、聊天，
都是被禁止的喔。
大家都沒問題吧？」
恨不得馬上到達
目的地的佐羅力，
簡直就像帶隊行軍一樣，
催促著大家
加快腳步往前進。
不過，跟不上
這個速度、
最先走不動的，
卻是

伊豬豬和
魯豬豬。
「哈啊，哈啊，
口、口好渴——」
他們自己的
寶特瓶裡
已經沒水了，
兩人因此將
孩子們的水壺
搶了過來，
咕嚕咕嚕的
灌著水。

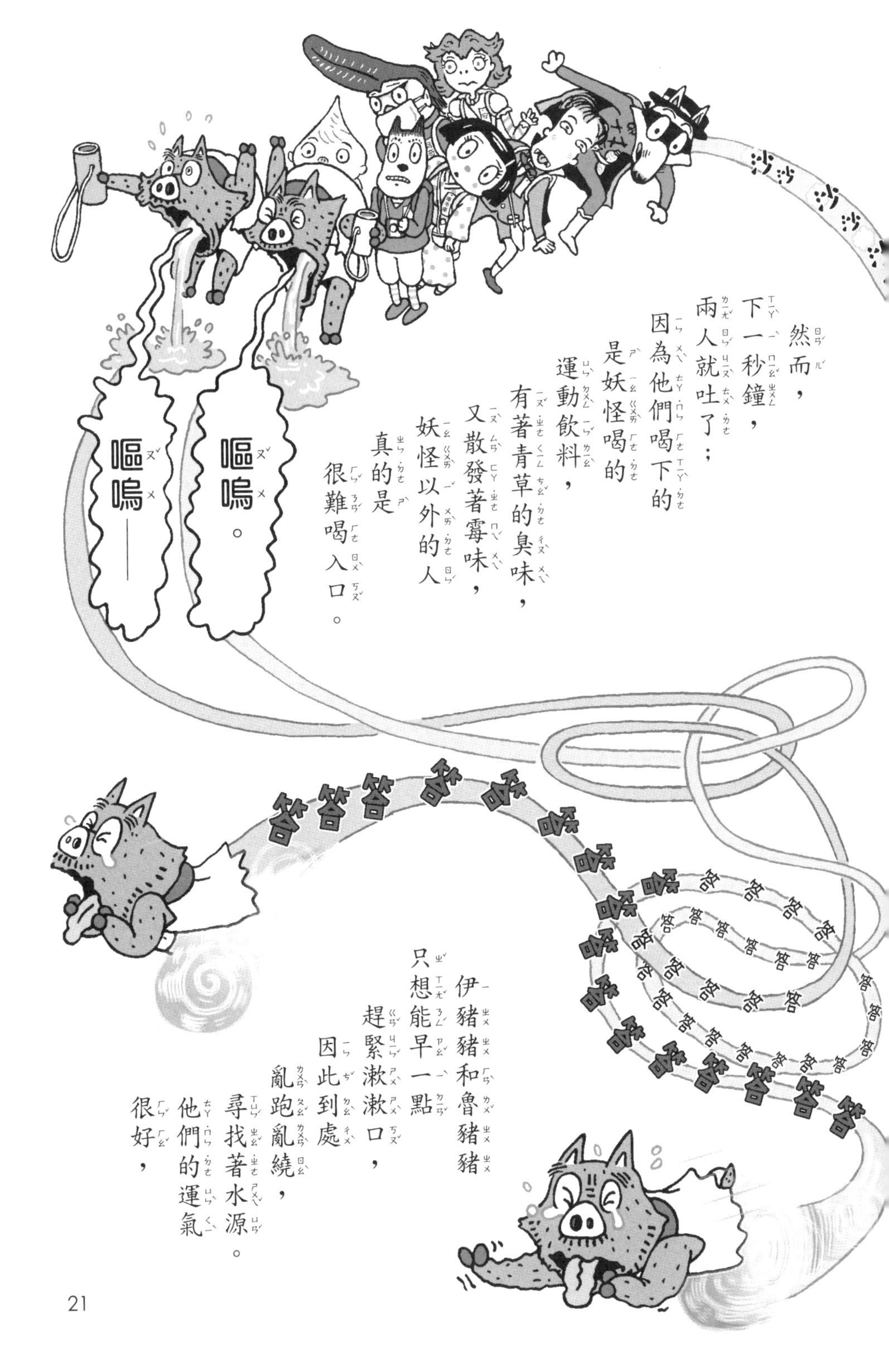

沙沙
沙沙
然而，
下一秒鐘，
兩人就吐了；
因為他們喝下的
是妖怪喝的
運動飲料，
有著青草的臭味，
又散發著霉味，
妖怪以外的人
真的是
很難喝入口。
嘔嗚。
嘔嗚——
答答答答答答答答答答
答答答答答答答答答答
伊豬豬和魯豬豬
只想能早一點
趕緊漱漱口，
因此到處
亂跑亂繞，
尋找著水源。
他們的運氣
很好，

找到一個美麗而水質清澈的池塘。

「啊——得救了！」

伊豬豬和魯豬豬朝著池塘飛奔而去。

佐羅力也將手上的空寶特瓶，裝滿池塘裡的水。

當他正想將寶特瓶湊近嘴邊喝水時，安卻喊道：

「等等，佐羅力先生！」

她翻開《遠足指南》，遞給佐羅力。

返老還童池
★這趟遠足最先會遇上的景點，充滿神祕又極為美麗！
●這個池子的水非常的不可思議，人們會愈喝愈年輕。
●喝下的量沒掌握好的話，可能導致過度返老還童，而從這個世界上完全消失，所以要特別留意！
砰！
咻
請注意
特別是年幼的兒童
請千萬別讓他們喝！
唔？什麼？什麼？
喔——

「原來如此，要是讓小孩喝下去就糟了。
不過，本大爺倒是想變得年輕一點啊。
但是大概要喝多少才好呢？
嘿，你們兩個覺得呢？
伊豬豬、魯豬豬。」

佐羅力的
視線從
指南的頁面
一離開……

前方，有一對非常可愛的野豬寶寶，正靜靜的睡得好香甜。

結果……

就變成了現在這個樣子。

真是的，搞什麼嘛。你們不是才剛說過，由我們三人一起照顧這群孩子，會很輕鬆的嗎？沒想到你們卻成了本大爺最沉重的負擔，真是作夢也想不到啊。
好好的善用披風唷
沒關係啦，野豬寶寶超可愛。

接下來，佐羅力就得一直、一直的

照顧安撫這對野豬寶寶。

幸好，克羅歐告訴佐羅力一個好消息。

「德古拉城堡的後院偶一個池塘，喝了裡面的水，會漲大變腦。所以，搭們兩個口以變回原來的樣住。」

佐羅力聽了克羅歐說的話，總算鬆了一口氣。

如果是這樣的話，無論如何都得前往德古拉城堡才行。然而……

這也代表從現在開始，佐羅力得一個人照顧八個小孩。

於是，佐羅力將孩子們兩兩一組分成三組。

「好的，注意囉！本大爺因為被迫要抱著兩個嬰兒，所以呢，你們得自立自強，由年紀大的負責照顧年紀小的孩子。

這正是

社會的鐵律啊！為了互相幫忙不走散，大家手牽著手，確確實實的跟在本大爺後面。

知道了吧！」

在高聲宣告後，

佐羅力才出聲大喊——

哇啊
哇哇哇
哇啊
哇哇哇

原本睡得超級香甜的
伊豬豬和魯豬豬
突然張開了眼睛，
還像火山爆發般的
狂哭起來。
佐羅力拼了命的
哄他們、逗他們，
卻一點用
也沒有。

佐羅力已經束手無策，突然，他的視線停留在多奇亞臉上。

「嘿，那個口罩或許可以讓他們不哭喔，所以，能不能借我一下呢？」

佐羅力伸出手，卻被多奇亞用力揮開。

為什麼多奇亞不願意在別人面前拿下口罩呢？

不過，哭聲實在太大聲、太吵了，

於是，多奇亞心不甘情不願的從背包拿出備用的口罩，遞給佐羅力。

在狂風暴雨般的哭聲中，佐羅力卻嘎吱嘎吱的在面具上畫著某些圖案。

畫好後，成了

這樣的面具。

接下來，

會有什麼發展呢？

原本哭得

聲嘶力竭的

伊豬豬和魯豬豬

突然安靜下來，

對著佐羅力

喊著：

「爸爸——爸爸——」

並伸長了手。

佐羅力發現他開始理解「孩子會對自己說話了」這種當爸爸的喜悅，因此緊緊的抱住他們兩個。

「不對，不對，現在不是享受著當爸爸的時刻。本大爺得趕快帶大家完成遠足這段旅程，讓這兩個傢伙恢復原樣才行。」

爸爸——豬豬。

佐羅力依照《遠足指南》，走過一個個妖怪的名勝古蹟，並看著指南，為孩子們一一的進行解說。

河童軍團 一起練習踢足球的小山丘
壁妖 來這裡躺過的草叢（很不可思議的，據說壁妖躺過後，就長不出草了）
百目妖 在這棵樹下假裝睡著，等樵夫經過故意嚇他
木乃伊男 常常跑來這裡清洗身上裹屍布的河川
用來代替洗衣板的石頭
洗紅豆妖怪 堅持要自己親手培育的紅豆田
總算快到達德古拉城堡了，我們在前面的沼澤那裡休息一下。
妖怪世界遺產
叩空 化成石頭後留下來的一種瀕臨絕跡的妖怪群體

他們一大群人抵達了沼澤的岸邊。

佐羅力突然覺得毛骨悚然。他從肚子到背部，都被一股令人感到不舒服的微微溫熱所包圍。

以佐羅力這號人物而言，只不過是因為行經了妖怪出沒的地點，而被某種來路不明的東西所纏身，有什麼好大驚小怪的呢？

然而，真的沒什麼好大驚小怪的嗎？錯錯錯。佐羅力所背著的伊豬豬和魯豬豬，都嚇到同時尿褲子了。

「偶有時候也會尿固子，所以爸媽都讓我帶著尿鋪，請邋去用吧。」

佐羅力正要接下幼幼班克羅歐所遞過來的尿布，卻不知為什麼，有一陣靜電竄過了他的手，帶來強烈的刺麻感。

得替他們兩個換尿布，真的是「屎尿」未及啊。
嗚嗚～
抖抖抖抖抖
爸比爸比
爸爸～
爸爸～
已經習慣了佐羅力的長相，所以即使佐羅力沒戴口罩，還是會喊他爸爸。
噗嗤

安聽到這個冷笑話，忍不住噗嗤一聲笑了出來。

這時，飄來一陣冷冰冰的空氣，佐羅力不由得發起抖來。

「嘖嘖，竟然因為自己說的冷笑話而冷得發抖，真的更加悲慘啦。」

當他總算替伊豬豬和魯豬豬包好尿布……

「佐羅力先生，救命啊！」
庫洛庫發出了尖銳的叫聲
佐羅力一抬起頭，
看到與庫洛庫同一組的菲魯茲，
倒在地上滾來滾去，
一副很痛苦的模樣。
佐羅力急忙
跑過去，

他的手一碰到菲魯茲的額頭，才發現好燙。

「發高燒到這種地步，本大爺可醫不了。沒辦法了，得跑一趟山下的醫院才行。大家請務必待在這裡，乖乖的別亂跑。」

佐羅力講完這些話，便抱起菲魯茲，沿著山路跑下山去。

佐羅力可以聽到從背上傳來痛苦難耐的呻吟聲。

「菲魯茲，加油，再忍耐一下就好了喔。」

在月光籠罩下，呻吟聲持續著，佐羅力以最快的速度往鎮上跑去。

不過，突然間，那呻吟聲消失了。

喂、喂咿，你怎麼了？
佐羅力慌慌張張的轉頭一看，沒想到竟然看到了——

全身毛茸茸的狼人。

佐羅力嚇了一大跳，不知不覺將狼人甩飛，狼人在空中轉了一圈，完美的跳落地面。

接著，狼人盯著自己毛茸茸的手和腳，看了好一會兒，轉向月亮發出狼嗥。

隨後，狼人又飛快轉向佐羅力，朝他猛的一跳。
嗚哇啊啊啊啊！

過了好一陣子，佐羅力與那個狼人開開心心牽著手，回到其他孩子們的身邊。
哎呀，原來菲魯茲是狼人的小孩啊，真是嚇了我一大跳呢。
這是我從出生以來第一次變身，因為太高興了，才會突然撲向佐羅力先生。
今晚的夜色，是最適合狼人變身的滿月之夜。
咦？那是菲魯茲？
喔，菲魯茲好酷。
菲魯茲可以變身了耶。

大家對於菲魯茲變身成這麼強壯的狼人，都感到非常高興，並一起合拍了一張紀念照。

當月亮西沉，新的一天來臨，狼人便恢復成菲魯茲原本的模樣。

妖怪是夜裡行動，
白天睡覺的。
加上今天走了很遠的路，
所以大家都累垮了，
那一群孩子們在
沼澤旁邊，一躺下來
就開始打呼。
當然，伊豬豬和魯豬豬
也幸福的酣睡著。

「呼——養兒育女
真辛苦啊。」
佐羅力靜靜的離開沼澤邊。
他想要擁有一點點
自己的時間，於是
走入森林深處。
就在突然間，

佐羅力被七個小矮人包圍，

他們問他說：

「請問您是正在

尋找公主的

單身王子嗎？」

「咦？王子？嘻嘻呵呵，

唉，也算是啦，

嘻嘻呵呵。」

這個答案一出口，

一個小矮人就說：

「我們一直在等您，公主殿下更是痴痴的等啊。請跟我們來吧。」

一聽到公主，佐羅力就非常興奮。

他跟隨著帶領的小矮人們，來到一間由許多圓木蓋成的小屋。

屋子裡——

不是有位美麗的公主正躺在床上嗎？

「第一位走入森林深處，由我們迎接到這裡的王子，只有他的吻，才能讓白霧公主睜開雙眼醒來。」

「來，請快一點吻公主，好破解魔法吧。」

小矮人們一起推著佐羅力的背，

「咦，是、是嗎？那、那我就……」

有什麼樣的理由，能讓佐羅力拒絕拯救這麼美麗的公主呢？

佐羅力馬上噘起嘴，靠近那位公主的臉龐。

然而——

一陣嬰兒的哭鬧聲傳來。
伊豬豬和魯豬豬醒來後哭個不停，
妖怪們根本安撫不了，
安與拉古拉只好帶著他們
來到這裡找佐羅力。
嬰兒伊豬豬和魯豬豬，
一看到佐羅力就不哭了，
叫喊著

並伸長了手要佐羅力抱。
看到這一切的小矮人們，
臉色都變了。

不是，不是，不是啦——
你不是說過你是單身嗎？
你這根本是騙婚嘛！
佐羅力想好好的解釋一番，但小矮人們根本就不想聽。

他們毫不客氣的將佐羅力與孩子們全部都趕出小屋。
碰咚！
然後把門重重的關上。

眼看著佐羅力就要抓住幸福，
卻因為伊豬豬和魯豬豬
而全都毀了。
他有氣無力的回到沼澤那兒，
立刻發現
有大事發生，
哪還有什麼時間沮喪呢？
一頭巨大的蝦蟆
嘴裡正銜著

啪嗒
啪嗒
庫洛庫的腦袋，想要將她拖進沼澤。
等、等等等！
佐羅力跑向蝦蟆——

用力的掰開蝦蟆的大嘴，

想救出庫洛庫。

但那緊緊閉上的大嘴，

怎麼掰也掰不開。

蝦蟆還一直

往後倒退，

想潛入

泥濘的

沼澤中。

妖怪孩子也都想救出庫洛庫，
於是抱住她的身體，
用盡所有力氣，
不停往後拉。

「喂，喂，像你們
這樣沒命的拉，
會把她的腦袋拉斷的。」

佐羅力才擔心的
說完——

咻嚕咻嚕咻嚕咻嚕咻嚕咻嚕咻嚕咻
庫洛庫的脖子
就開始變長。
「糟、糟了啦！」
佐羅力的臉色發白。
不過——
孩子們卻拍起手來，
還發出歡呼聲：
「成功了——」
「之前，庫洛庫因為一直
沒辦法讓自己的脖子變長，
所以很煩惱。」
沒錯，庫洛庫是
脖子能自由伸縮的
長頸妖小孩。
嘿咿呃
哇咿呀
啊呃啊
嗚呃啊
嘿咿呃啊

但是這會兒，可不能只顧著高興。

儘管庫洛庫的脖子變長了，腦袋卻還在蝦蟆的嘴裡。而且，蝦蟆又繼續往下沉了。

佐羅力這麼一喊，

噗嗤——叫蝦蟆「阿媽」。真是好笑，啊哈哈哈哈哈。
安誤以為佐羅力講了冷笑話，所以笑出聲來……
嗄？

這時，從安的嘴裡噴出了一陣寒氣。
哇，都是因為佐羅力先生的幫忙，我終於能吐出寒氣了耶，好開心哪。
沒錯，安就是常常帶著一身寒氣的雪女的小孩。
安開心得不得了，她試著——
呼咻咻～～咻～～

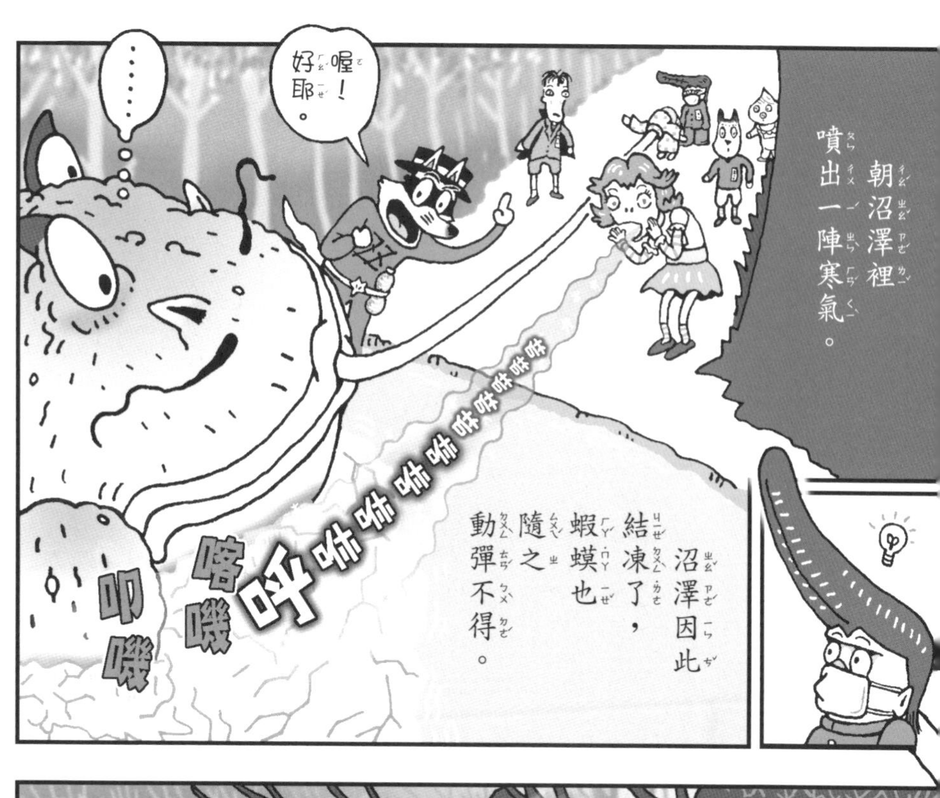

朝沼澤裡
噴出一陣寒氣。
喔！
好耶。
……
呼咻咻咻咻
喀嘰
叩嘰
沼澤因此
結凍了，
蝦蟆也
隨之
動彈不得。

多奇亞看到這情況，
腦中靈光一閃，
從背包中拿出
兩根小黃瓜，
飛快的
爬到樹上，
朝著蝦蟆的腦袋——
一躍而下

然而，他最自傲的飛機頭卻卡在樹枝當中，因而吊在半空中搖搖晃晃的。
多奇亞拚命的大聲求救，然而被口罩所包覆的聲音，沒人聽得到。
多奇亞終於下定了決心，將從來沒在其他人面前拿下來的口罩揭開了，然後發出聲音大叫。
喂，來幫我把頭髮剪掉哇——
好，知道了，交給我吧。

拉古拉
拉古拉才高高的飛向空中——
就猛的緊急降落。
飛快張開的斗篷邊緣，變得就像刀子般銳利，

準備攻擊
順利的剪下多奇亞的飛機頭，幫助他脫離樹枝的糾纏。
多奇亞
啪啦
啪啦
啪啦
一擺脫硬邦邦的頭髮後，多奇亞的腦袋上就出現白色的盤子。

那傢伙原來是河童啊——
多奇亞跳到蝦蟆身上後，
將小黃瓜分別塞進牠的左右鼻孔中。
不一會兒，
嘶噠
塞住
塞住

哇阿嘔
蝦蟆因沒辦法用鼻子呼吸，而痛苦得張大嘴巴。
成功！
啊
於是，大家便趁機快速拉出庫洛庫。
庫洛庫

佐羅力看到妖怪小孩各展絕技，覺得非常佩服，但隨即從他的背後傳來了奇怪的聲音。

憤怒的蝦蟆用力的呼氣，噴出鼻孔中的小黃瓜，並且弄破開始溶化的冰，從沼澤中冒出頭來，隨即將佐羅力

一口吞進他的大嘴裡。

照這個情況，蝦蟆要是潛入沼澤中的話，佐羅力就完蛋了。

這需要安再一次用上她的絕招，讓沼澤冰凍，也讓蝦蟆動彈不得。

偏偏，安沒聽到令她覺得很「冷」的冷笑話，就吹不出寒氣來。

其他的小孩都想講冷笑話給安聽，但是這哪有那麼容易呢？

正當他們絞盡腦汁努力思考著，蝦蟆已經迅速的沉入沼澤中。

怪傑佐羅力即將成為蝦蟆的養分，在這本書的最後消失了蹤影。

但就在這個時候，

啪嚓——

蝦蟆再次從沼澤中飛跳而出。

他還不停的抖抖抖，並翻著白眼，同時巨大的身軀正在快速縮小。

孩子們睜圓了雙眼，吃驚的看著。

蝦蟆痛苦到整張臉都扭曲

變形了，並張大嘴巴——

把佐羅力吐了出來。接著蝦蟆立刻咻咻咻的像消氣的氣球一樣，愈變愈小，最後變成可愛的小蝌蚪。

佐羅力跳了出來，高高舉著空空的寶特瓶說：

「幸好我裝了這瓶『返老還童水』，正好倒給他喝個痛快，嘻嘻呵呵。」

小蝌蚪活蹦亂跳的，佐羅力從尾巴將它抓起，然後開心的說：「變成這麼可憐兮兮的模樣，應該不能再做壞事了吧？」

然後將小蝌蚪扔進寶特瓶中。

呼，雖然遇上大麻煩，
但所有人同心協力跨越困難，
真可說是一趟很棒的遠足啊。
德古拉城堡就在不遠的前方。
就讓計畫這次遠足的
家長會會長，瞧瞧你們
名副其實的妖怪本領，
大大的給你們讚美吧！
佐羅力這麼一說，
好—耶
庫洛庫

妖怪小孩身體雖然疲累不堪，但內心充滿克服困難、完成遠足的意念。

接下來的山路，他們一邊互相打氣，一邊憑著意志力往上爬。

此時在山路邊，

突然出現了一個妖怪，對孩子們展開攻擊。

孩子們是第一次看到這種妖怪。

所以發出尖聲驚叫，

然後一起逃走了。

佐羅力由於抱著伊豬豬和魯豬豬，根本沒辦法與那個妖怪對戰，於是也跟在孩子們後面逃命。

那個很嚇人的妖怪——

難道和佐羅力他們

結了什麼仇，想要報復嗎？

「等等——等等啊——」

爬上山嶺，越過山谷，

不管怎麼逃，不管什麼時候，

不管逃到哪裡，妖怪都窮追不捨。

這已經是孩子們的極限。

呵呵呵、呼呼呼，就連一步

都再也跑不動了。

面對著追趕而來的妖怪，
佐羅力將伊豬豬和魯豬豬
放在孩子們的身邊，
本大爺很快就能吃到「長生果」，得到最期待的不死之身，偏偏在這個時刻受到阻礙，本大爺哪忍得住呢？
可～～惡
隨後馬上擺出架式要攻擊妖怪。

然而，因為佐羅力的飛踢，
從泥巴、落葉、枯枝當中
一躍而出的，不正是
妖怪學校的老師嗎？

「哇啊——我從懸崖爬上來，
拚了老命的跟在你們
後面追趕，總算發現
大家的蹤影，卻落得
這種結果，

太過分了——

嗚哇哇哇——」

妖怪學校的老師

像小嬰兒一樣

哇哇大哭。這時，

他們聽到一陣低沉的聲音

嘰嘰嘰嘰嘰咿——

蓋過了哭聲。

那是德古拉城堡大門被打開的聲音。他們在顧著奔逃的過程中，不知不覺抵達遠足的目的地。前來迎接他們的德古拉說：

總算抵達了，大家都等著你們呢。來，孩子們，進來吧。
爸爸！

嘿，佐羅力先生，好久不見。還有，妖怪學校的老師，怎麼會受這麼嚴重的傷呢？快點進來治療吧……
大家跟在德古拉後面走進城堡，而城堡裡頭……

擔心著孩子們安危的爸媽，

早已聚集在一起了。

他們見到孩子們都

好像長大了一些，於是向妖怪學校

的老師道謝。

「不，不，因為某種原因，所以

由佐羅力大師代替我帶大家走這一趟。

都是佐羅力大師帶得好。」

全身傷痕累累的妖怪學校老師，

滿懷歉意的這麼一說，
佐羅力就搖搖頭說：

不，這次的遠足是因為大家同心協力共同打敗沼澤中的大蝦蟆這件事，才帶給了孩子們成長的。
你們看。

佐羅力拿出寶特瓶，
要讓大家看看裡頭的蝌蚪。
結果妖怪爸媽全部一起
發出大叫：

家長會會長！
咦？怎麼會這樣？
沒錯，會長化身為大蝦蟆，埋伏在沼澤中，想要鍛鍊鍛鍊弱不禁風的現代小孩，好讓他們以後有辦法精神百倍的出門去。但沒想到，會長竟然變成這樣……
嘿，拉古拉，請快點帶會長到後院的「長歲數池」，好讓會長恢復原樣。
長歲數池～
好的——
對了！
要用來讓家長會會長更換的浴衣
PTA

拉古拉拿到寶特瓶與浴衣後，不知道為什麼牽起克羅歐的手，從後門往庭院走去。
等等我——本大爺也很需要那個長歲數池——
佐羅力抱起伊豬豬和魯豬豬，跟在後頭跑過去。

那個水池，
位於城堡後方一片
乾枯的林子當中。
拉古拉將寶特瓶中的
蝌蚪一倒出來，
放入池中，就說：
「那我就回城堡囉。」
他將浴衣放在岸邊，
接著就馬上

離開了。

「喂、喂，等一下啊！」

佐羅力想問清楚，
到底要喝多少的水，
才能讓伊豬豬和魯豬豬恢復原來的模樣。
要是讓他們喝太多，
接下來恐怕得和一對雙胞胎老頭
一起旅行，那可就慘了。

這時，在佐羅力眼前悄悄現身的是……

已將拉古拉放在池畔的浴衣披上身的蝦蟆紳士。

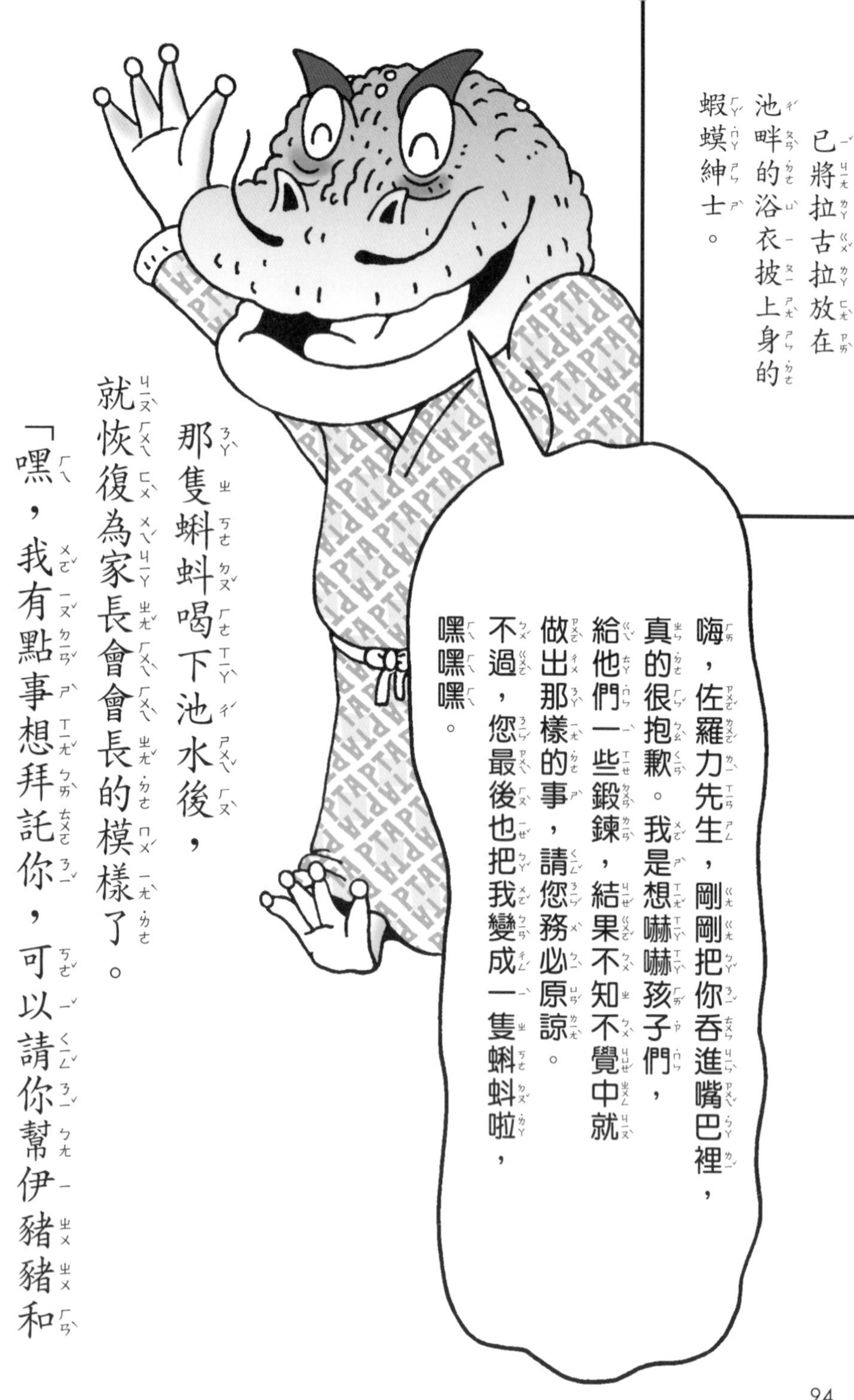

嗨，佐羅力先生，剛剛把你吞進嘴巴裡，真的很抱歉。我是想嚇嚇孩子們，給他們一些鍛鍊，結果不知不覺中就做出那樣的事，請您務必原諒。不過，您最後也把我變成一隻蝌蚪啦，嘿嘿嘿。

那隻蝌蚪喝下池水後，就恢復為家長會會長的模樣了。

「嘿，我有點事想拜託你，可以請你幫伊豬豬和魯豬豬恢復原來的樣子嗎？」佐羅力對蝦蟆說。

「喔？他們兩個也喝了『返老還童水』嗎？好的，這小事一樁。」

蝦蟆會長用剛剛裝了水的寶特瓶，汲取池中的水，並讓伊豬豬和魯豬豬喝下。

不一會兒……

可愛的小野豬伊豬豬和魯豬豬，十分迅速的變回原本的大叔模樣。

「佐羅力大師——這是哪裡啊？」

「咦？為什麼我們會包著尿布呢？」

他們兩個對於之前所發生的事，完全都不記得。

唉，本大爺拼了命的逗你們、照顧你們，連換尿布這檔事都做了，你們卻一點都不明白本大爺的辛勞，真是樂逍遙啊。

佐羅力深深的嘆了一口氣後，往水池一看，小不點克羅歐，正猛喝著池內的水。

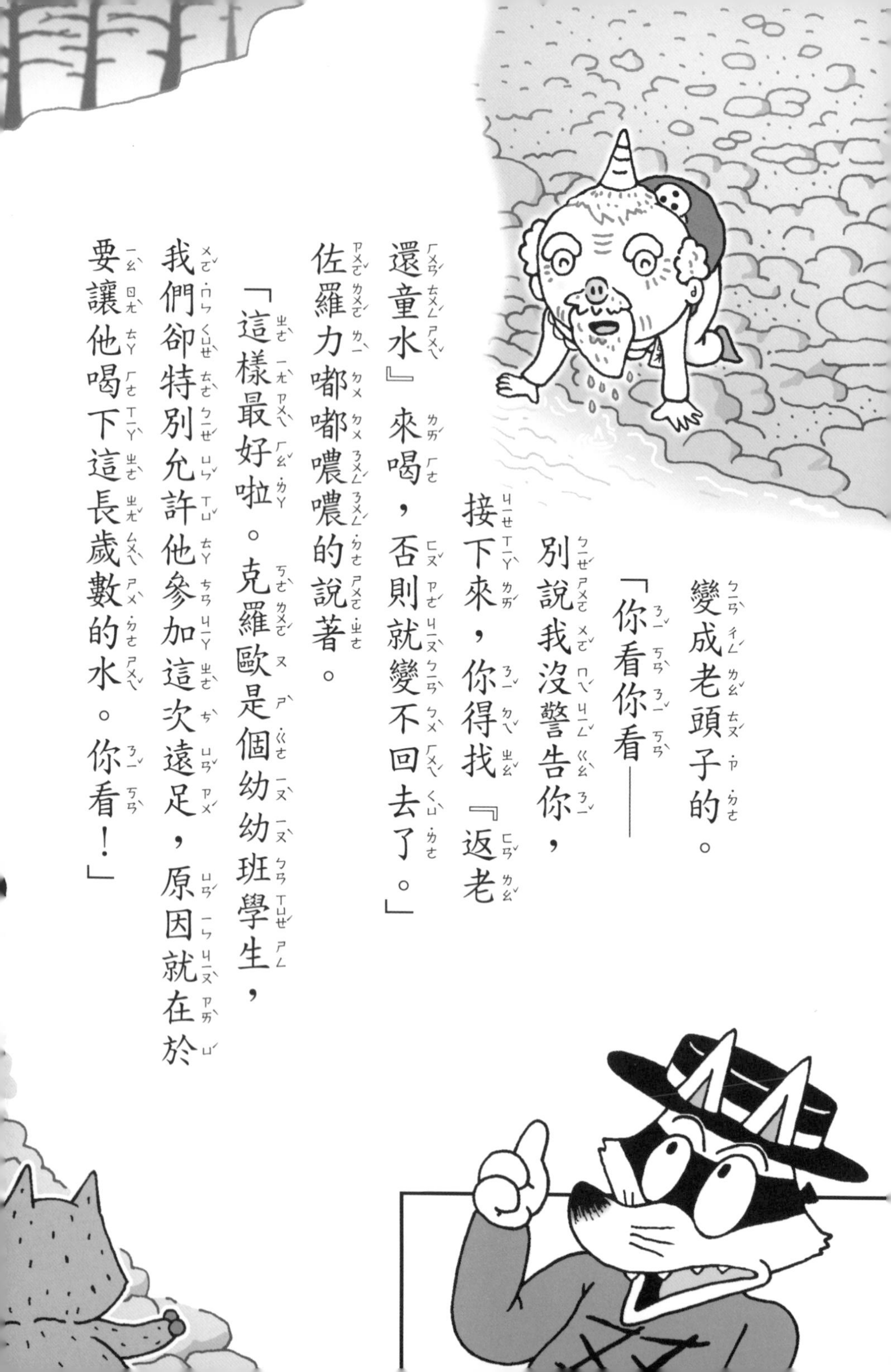

變成老頭子的。

「你看你看——

別說我沒警告你，

接下來，你得找『返老還童水』來喝，否則就變不回去了。」

佐羅力嘟嘟噥噥的說著。

「這樣最好啦。克羅歐是個幼幼班學生，我們卻特別允許他參加這次遠足，原因就在於要讓他喝下這長歲數的水。你看！」

蝦蟆會長手指向天空，
克羅歐正坐在
由池水蒸發的
水蒸氣所變成的
雲朵上，

從背包拿出一面
太鼓，開始打起
鼓來，
還製造出小小的
閃電。

克羅歐是「雷老頭」的小孩，
所以想要製造出閃電，
就得先變成「老頭」才行。

佐羅力明白了，
用力的點點頭。
隨後——

佐羅力一群人從水池走回城堡的後門，發現已經完全恢復精神的妖怪學校老師，正等著他們。

「嘿，多虧佐羅力大師幫忙，這次的遠足非常成功，妖怪的父母也都非常高興。我等在這裡，就是為了一定要向你說聲謝謝。」

他帶領著佐羅力他們一群人來到大廳。

孩子們的爸媽陸陸續續現身在佐羅力面前，

德古拉的小孩
拉古拉
參加這次的長途遠足，讓拉古拉成了年紀小的孩子們所崇拜的對象啊。克羅歐回來就告訴我說：「拉古拉飛上天空，飛得好高好高，超酷的。」
長頸妖的小孩
庫洛庫
我一直很擔心，不曉得要到什麼時候，她的脖子才能有辦法自由伸縮，但在這次遠足中，她的脖子突然可以像我一樣伸縮自如了。我好驚訝呢。
河童的小孩
多奇亞
他覺得河童的碟子和尖尖的嘴巴遜斃了，所以一直用飛機頭和口罩遮住。不過，遠足一回來，多奇亞完完全全接受自己河童的身分啦。
他說他發現「當河童也很酷」。或許是這次遠足讓他知道，身為河童是值得驕傲的一件事。真的非常謝謝您。嗚嗚。

他拿紀念照給我看了。這孩子已經可以漂亮的變身了。我很期待下一次的滿月之夜。
狼人的小孩
菲恩茲
聽說是因為佐羅力先生的冷笑話，安才有辦法呼出寒氣。我真的不知道該說些什麼話來道謝才好啊。嗚嗚。
雪女的小孩
安
接下來我要加油，靠自己的力量呼出寒氣。
嗶哩嗶哩嗶哩
嗶哩嗶哩嗶哩
謝謝你一路照顧，讓這麼小的孩子毫髮無傷的抵達這裡。還有更令人開心的是，他好像不會再尿褲子了。
我會變出更加更加厲害的閃電的。
雷老頭的小孩
克羅歐
對佐羅力表達謝意。
接著……

妖怪們提議要送佐羅力一份謝禮……
本大爺是因為「可得到一顆長生果」的約定，而來到這裡的。只要能夠咬一口長生果，其他的什麼都不需要。
嗯——啊——長生果已經被小孩子吃掉了，只剩下一顆……
啊，那是克羅歐的長生果吧，那顆就是要給我的。快，快把那顆長生果拿到這裡來。

那個，嗯——妖怪學校的老師傷勢太嚴重了，因為想讓他盡快復原……
沒錯！我津津有味的把它吃掉了，所以，就像現在這樣，立刻變得生龍活虎啦。

妖怪學校的老師，活力充沛的又蹦又跳。

佐羅力當場跌坐在地上。德古拉面帶微笑的走了過來，對佐羅力說：

耗掉寶貴的時間來到這裡，到底是為了什麼呢？

「真抱歉，我不曉得佐羅力先生那麼想吃長生果。下回結果時，我一定第一個通知佐羅力先生您。到時候，您想吃多少就吃多少。」

「咦？真、真的嗎？那真是太好了。如果能讓本大爺得到不死之身，就算等個兩、三年，也不會覺得白費光陰。」

佐羅力大大的鬆了一口氣，然而……

「不，兩、三年可能沒辦法喔。最近一次結果是一千兩百年前，下一次大概也要花上這麼多時間吧……不過，這對我們妖怪來說，一晃眼就過了啊。哈哈哈哈……」

不是妖怪啊！
佐羅力大聲的說了這句話之後，
就昏倒在地上了。
佐羅力大師～

知道吃不到「長生果」
之後，多待在德古拉城堡
一秒，都是浪費時間。
於是，佐羅力他們道別了
妖怪們，重返原先的
旅程。
嘿，佐羅力大師現在
大概一百二十四歲。
一千兩百年，咻一下
就過去了，所以說不定
能吃到那個
長生果喔。
就算真的等得到，
但是都過了一千兩百年，
如果還沒蓋好城堡、
娶到新娘，本大爺
早就死心了。
掉落！

佐羅力大師，你怎麼會有這個口罩？哈哈啊，你該不會是因為很羨慕我們的豬鼻子，所以偷偷做了這個口罩吧？
笨蛋——
誰喜歡啊？誰想變成你們啊？那是因為要扮成你們的爸爸！當爸爸用的！
啊！
對了！如果本大爺帶著你們回到那座森林化解誤會的話，就有機會再拯救公主一次啦。假使這樣，多跑這趟路，可一點都不算白費呢。
喂，伊豬豬、魯豬豬，跟我來！

作者簡介

原裕 Yutaka Hara

一九五三年出生於日本熊本縣，一九七四年獲得KFS創作比賽「講談社兒童圖書獎」，主要作品有《小小的森林》、《手套火箭的宇宙探險》、《寶貝木屐》、《小噗出門買東西》、《我也能變得和爸爸一樣嗎？》、【輕飄飄的巧克力島】系列、【膽小的鬼怪】系列、【菠菜人】系列、【怪傑佐羅力】系列、【鬼怪尤太】系列、【魔法的禮物】系列等。

譯者簡介

周姚萍

兒童文學創作者、譯者。著有《我的名字叫希望》、《山城之夏》、《妖精老屋》、《魔法豬鼻子》等作品。譯有《大頭妹》、《四個第一次》、《班上養了一頭牛》、《那記憶中如神話般的時光》等書籍。曾獲「文化部金鼎獎優良圖書推薦獎」、「聯合報讀書人最佳童書獎」、「幼獅青少年文學獎」、「國立編譯館優良漫畫編寫」、「九歌年度童話獎」、「好書大家讀年度好書」、「小綠芽獎」等獎項。

國家圖書館出版品預行編目資料

怪傑佐羅力之恐怖的妖怪遠足
原裕 文、圖；周姚萍 譯 --
第一版. -- 台北市：親子天下, 2017.03
112 面；14.9x21公分. --（怪傑佐羅力系列；43）
譯自：かいけつゾロリ　きょうふのようかいえんそく

ISBN　978-986-93918-9-4（精裝）

861.59　　105024476

かいけつゾロリ　きょうふのようかいえんそく
Kaiketsu ZORORI Series Vol.46
Kaiketsu ZORORI Kyoufu no Youkai Ensoku

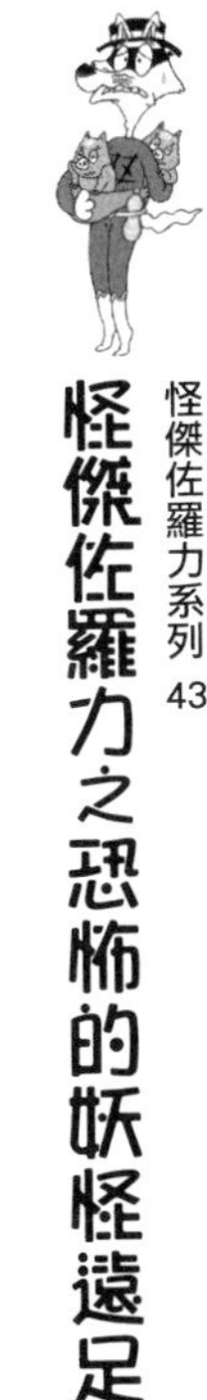

怪傑佐羅力系列 43

怪傑佐羅力之恐怖的妖怪遠足

作者｜原裕（Yutaka Hara）
譯者｜周姚萍
責任編輯｜陳毓書、余佩雯
美術設計｜蕭雅慧
行銷企劃｜陳詩茵

發行人｜殷允芃
創辦人兼執行長｜何琦瑜
副總經理｜林彥傑
總監｜黃雅妮
版權專員｜何晨瑋、黃微真

出版者｜親子天下股份有限公司
地址｜台北市 104 建國北路一段 96 號 4 樓
電話｜（02）2509-2800
傳真｜（02）2509-2462
網址｜www.parenting.com.tw
讀者服務專線｜（02）2662-0332
週一～週五：09:00～17:30
讀者服務傳真｜（02）2662-6048
客服信箱｜bill@cw.com.tw

法律顧問｜台英國際商務法律事務所・羅明通律師
製版印刷｜中原造像股份有限公司
總經銷｜大和圖書有限公司
電話｜（02）8990-2588

出版日期｜2017 年 3 月第一版第一次印行
2021 年 7 月第一版第十七次印行

定價｜300 元
書號｜BKKCH011P
ISBN｜978-986-93918-9-4（精裝）

訂購服務
親子天下 Shopping｜shopping.parenting.com.tw
海外・大量訂購｜parenting@cw.com.tw
書香花園｜台北市建國北路二段 6 巷 11 號
電話｜（02）2506-1635
劃撥帳號｜50331356 親子天下股份有限公司

親子天下
有聲故事書

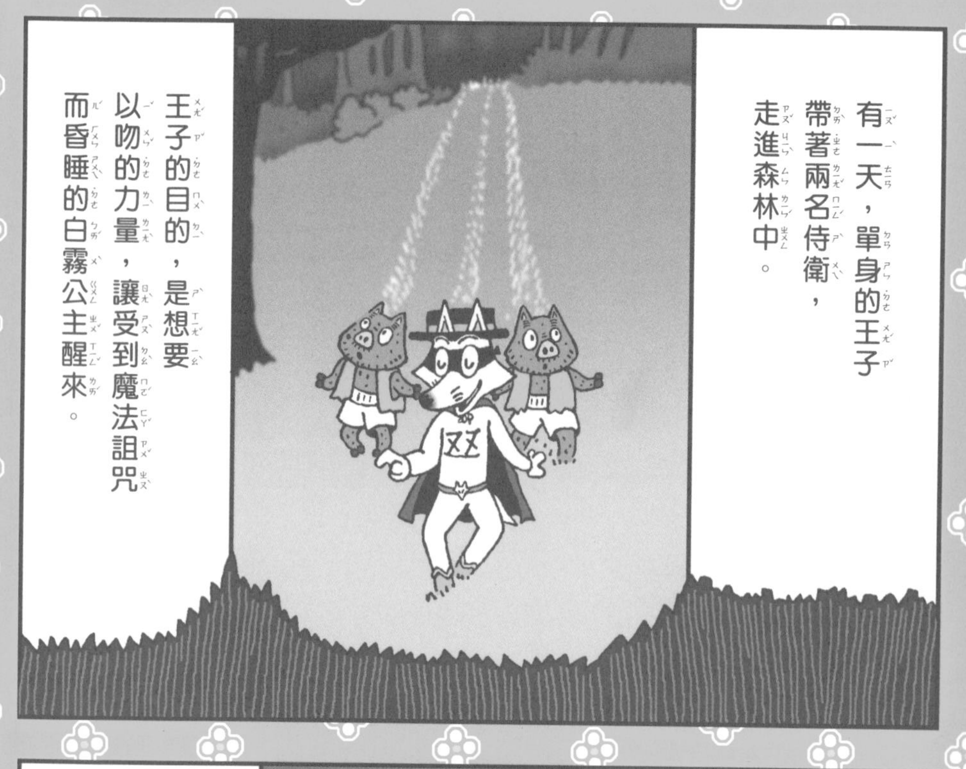

有一天，單身的王子帶著兩名侍衛，走進森林中。
王子的目的，是想要以吻的力量，讓受到魔法詛咒而昏睡的白霧公主醒來。

他們三人到達公主居住的小屋後，與公主同住的小矮人們不肯讓他們進去。小矮人說，那位王子是來騙婚的。